Conforme à la loi n°49.956 du 16 juillet 1949
sur les publications destinées à la jeunesse.

Dépôt légal : novembre 2004
ISBN : 2-84801-074-6

Imprimé en Italie

© Tourbillon, 221, Bd Raspail, 75014 Paris, France.

Raconte-moi
un conte

Tourbillon

~ SOMMAIRE ~

BOUCLE D'OR
ET LES TROIS OURS

Il était une fois trois ours qui vivaient
dans une maison, au cœur de la forêt.
Papa ours était un grand, très grand ours.
Maman ours était de taille moyenne, ni grande
ni petite. Bébé ours était un petit, tout petit ours.

Chaque ours avait un bol pour son petit déjeuner :
un grand bol pour le très gourmand Papa ours ;
un bol moyen, très joli, pour Maman ours ;
et un petit bol pour les petites faims de Bébé ours.
Chaque ours avait un fauteuil pour se reposer :
un grand fauteuil pour Papa ours ;
un fauteuil moyen pour Maman ours ;
et un petit fauteuil pour Bébé ours.
Chaque ours avait un lit pour dormir :
un grand lit pour les longues nuits de Papa ours ;
un lit moyen, plein de coussins, pour Maman ours ;
et un petit lit pour les petites siestes de Bébé ours.

Un matin, comme tous les matins, les ours
préparaient leur petit-déjeuner. Ils versèrent le lait
sur leurs céréales. Mais le lait était trop chaud
et ils n'avaient pas envie de se brûler la langue
en le buvant tout de suite !

Alors, les trois ours sortirent faire une balade dans la forêt
en attendant que leur petit-déjeuner refroidisse.

Pendant que les trois ours se promenaient, une petite fille,
qui s'appelait Boucle d'or, approcha. Elle n'avait jamais vu
cette drôle de maisonnette. Et comme Boucle d'or était
une petite fille très curieuse, elle regarda par la fenêtre,
puis elle regarda par le trou de la serrure.
Boucle d'or ne vit personne dans la maison. Alors, elle poussa
doucement la porte. Son cœur battait très fort, mais elle entra
quand même.

Boucle d'or vit tout de suite les petits-déjeuners tout prêts
sur la table. Si elle avait été une petite fille
sage et polie, Boucle d'or n'aurait touché
à rien. Mais Boucle d'or avait très faim.
Alors, elle décida… de se servir toute
seule. Elle goûta le petit-déjeuner
de Papa ours. Mais il était trop chaud :

« Ouille, ça brûle ! ».
Elle le repoussa.
Elle goûta le petit-déjeuner
de Maman ours. Mais il était
trop froid :
« Beurk ! » Elle le recracha.
Puis, elle goûta le petit-déjeuner
de Bébé ours.
« Il n'est ni trop chaud, ni trop froid. Il est parfait pour moi »,
se dit-elle. Boucle d'or le trouva même si bon, qu'elle n'en laissa pas
une goutte !
– Zut, y'en a déjà plus ! dit-elle en se léchant les babines.

– Quand on a bien mangé, il faut se reposer,
se dit Boucle d'or.
Elle s'assit sur le grand fauteuil de Papa ours.
« Trop dur ! », bougonna-t-elle en se frottant
les fesses.
Boucle d'or s'assit sur le fauteuil moyen
de Maman ours.
« Trop mou ! », bougonna-t-elle en lissant
sa robe toute froissée. Puis Boucle d'or
s'assit sur le petit fauteuil de Bébé ours.
« Il n'est ni trop dur, ni trop mou.

Il est parfait pour moi », se dit Boucle d'or.

Toute contente, elle s'assit bien au fond et... le petit fauteuil se cassa.

Boucle d'or se retrouva par terre, les jambes en l'air.

– Crotte de zut ! râla encore Boucle d'or.

Elle continua sa visite et entra dans une chambre. Boucle d'or s'allongea sur le grand lit de Papa ours, mais il y avait trop d'oreillers :

– J'ai la tête de travers ! grogna Boucle d'or en descendant du lit.

Elle s'allongea sur le lit moyen de Maman ours, mais il y avait trop de coussins :

– J'ai les pieds en l'air ! grogna encore Boucle d'or en descendant du lit.

Boucle d'or entra dans l'autre chambre et sauta sur le petit lit
de Bébé ours.

« Voilà assez de place pour ma tête et pour mes pieds. Ce lit est
parfait pour moi », se dit-elle.

Alors, Boucle d'or s'installa bien sous
la couverture et s'endormit très vite.
Vraiment pas gênée Boucle d'or !

Pendant ce temps, les trois ours
rentrèrent à la maison, pensant que
leur petit-déjeuner serait assez tiède.

Or, Boucle d'or avait laissé la cuillère dans le grand bol de céréales
de Papa ours.

« Quelqu'un a touché à mon petit-déjeuner ! » dit Papa ours
de sa voix grave.

Quand Maman ours regarda son bol, elle vit des gouttes de lait
tout autour.

« Quelqu'un a touché à mon petit-déjeuner ! » dit Maman ours
de sa voix claire.

Bébé ours s'approcha de son petit bol.

Sa cuillère était dans son bol, mais il n'y avait plus de petit-déjeuner
du tout !

« Quelqu'un a touché à mon petit-déjeuner, et a tout mangé ! », dit Bébé ours d'une petite voix étonnée.

Voyant cela, les trois ours comprirent
que quelqu'un était entré dans leur maison.
Ils allèrent voir dans le salon.
Or, Boucle d'or n'avait pas bien remis le coussin
dans le grand fauteuil de Papa ours.
« Quelqu'un s'est assis dans mon fauteuil ! » dit Papa
ours de sa voix grave.

Boucle d'or avait bougé le fauteuil moyen de Maman ours.
« Quelqu'un s'est assis dans mon fauteuil ! » dit Maman ours
de sa voix claire.
Et tu sais ce que Boucle d'or a fait du petit fauteuil…
« Quelqu'un s'est assis dans mon fauteuil, et l'a tout cassé ! »
pleura Bébé ours.

Les trois ours, très en colère, se dirent qu'ils devaient chercher partout dans la maison.

Boucle d'or avait dérangé les oreillers sur le grand lit de Papa ours.
« Quelqu'un s'est allongé sur mon lit ! » grogna Papa ours de sa voix grave.
Boucle d'or avait dérangé les coussins sur le lit moyen de Maman ours.
« Quelqu'un s'est allongé sur mon lit ! » dit Maman ours de sa voix claire.

Et quand le petit ours s'approcha de son lit, son oreiller était bien à sa place, mais, dessus, il découvrit les beaux cheveux dorés de Boucle d'or.

« Quelqu'un s'est allongé sur mon lit, et y est encore ! », hurla Bébé ours de sa petite voix perçante.

Dans son sommeil, Boucle d'or avait entendu la voix grave de Papa ours.

Mais elle dormait si profondément qu'elle crut entendre le grondement du tonnerre.

Quand elle entendit la voix claire de Maman ours, elle pensa
qu'elle entendait quelqu'un parler dans son rêve.

Mais la toute petite voix de Bébé ours était si aiguë
qu'elle la réveilla d'un coup.

Quand elle vit les trois ours qui la regardaient de travers,
elle eut très peur.
Boucle d'or bondit de l'autre côté du lit et sauta par la fenêtre
ouverte. Elle s'enfuit à toutes jambes dans la forêt.

Et les trois ours ne la revirent jamais.

LES TROIS PETITS COCHONS

Il était une fois trois petits cochons qui
étaient devenus bien assez grands pour
se débrouiller tout seuls. Ils décidèrent
de quitter la ferme. Alors, leur maman
les embrassa et leur souhaita bonne
chance. Les trois petits cochons chantaient
et gambadaient en entrant dans la forêt.
Ils arrivèrent bientôt dans une clairière.
« Comme c'est joli ! On s'installe ici ?! »
dit l'aîné des frères.

– Oh oui, oh oui ! répondirent en dansant
les deux plus jeunes.
– Bon, il nous faut maintenant construire
une grande et solide maison de briques,
dit encore l'aîné, tout à coup très sérieux.

– Oh, nooooon ! On est
fatigué, on est fatigué !
répondirent en cœur
les deux plus jeunes.

Voilà une botte de paille qui fera très bien l'affaire, dit le premier petit cochon.

– La forêt est pleine de branches qui feront très bien l'affaire, dit encore le deuxième petit cochon.

– Dans ce cas, dit le troisième petit cochon, construisons chacun notre maison.

Alors, chacun se mit au travail.

– Cette hutte en paille est juste à ma taille, chantonna le cochon le plus canaille.

Une chansonnette, de la cordelette, et le petit cochon finit sa maison. Et il s'allongea dans l'herbe pour profiter du soleil de midi.

– Une cabane en bois, avec un petit toit, c'est très bien pour moi, chantonna le cochon le plus rigolard.

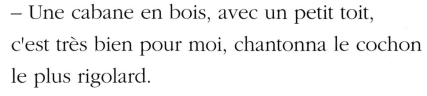

Encore quelques clous pour boucher les trous, et le petit cochon finit sa maison. Et il s'allongea dans l'herbe pour profiter du soleil de l'après-midi. Puis les deux petits cochons s'amusèrent :

– Venez dans ma maison, monsieur, me rendre une petite visite ! disait le premier.

– Oh, c'est charmant, chez vous. À mon tour, je vous invite, disait le deuxième.

Pendant ce temps, le troisième petit cochon, le plus courageux, alla jusqu'au village pour acheter des briques. Tout seul, il fit du ciment. Les murs montèrent lentement. Il travailla longtemps.

Lorsqu'il eût fini, il admira sa solide petite maison. Il était très fier
de lui.

Comme le soir tombait, chacun rentra dans sa nouvelle maison.

Mais un grand loup noir rôdait par là et il avait grand faim.

Il s'approcha de la maison de paille et renifla :

« Huummm, ça sent bon le petit cochon par ici ! », se dit-il.

– Petit cochon, petit cochon, ouvre-moi ta porte !

– Oh, que non, par ma queue en tire-bouchon, il n'en est pas

question !

– Alors je vais
souffler, souffler,
et ta maison va
s'envoler ! ricana
le loup.
Le loup souffla,
et la maison
de paille s'envola.

Le petit cochon, tout tremblant, s'enfuit aussi
vite qu'il put vers la cabane en bois.
– Ouvre-moi, ouvre-moi, le grand loup court
après moi !

À peine le deuxième petit cochon avait-il
refermé la porte, qu'il entendit le loup crier :
– Petit cochon, petit cochon, ouvre-moi
ta porte !
– Oh, que non, par ma queue en tire-bouchon,
il n'en est pas question !
– Alors je vais souffler, souffler, et ta maison va s'envoler ! gronda
le loup affamé.

Le loup souffla, souffla, et la maison de branches s'envola.
Les deux petits cochons, terrifiés,
s'enfuirent aussi vite
qu'ils purent vers la maison
de leur frère aîné.

– Ouvre-nous,
ouvre-nous,
le grand loup
court après nous !

À peine le troisième petit cochon avait-il refermé la porte derrière eux, qu'il entendit le loup crier :
– Petit cochon, petit cochon, ouvre-moi ta porte !
– Oh, que non, par ma queue en tire-bouchon, il n'en est pas question !
– Alors je vais souffler, souffler, et ta maison va s'envoler ! hurla le loup très en colère.
Le loup souffla, souffla.

Rien ne bougea. Le loup souffla, souffla encore de toutes ses forces. Les deux petits cochons se serraient l'un contre l'autre, sûrs que la maison allait s'écrouler. Mais leur frère aîné leur fit un clin d'œil, pour les rassurer. Sa maison de briques n'avait pas bougé.

Alors, les trois petits cochons se mirent à sauter de joie.

Lorsque le loup vit qu'il ne pourrait pas détruire la maison de brique, il chercha une idée pour faire sortir le petit cochon de sa maison.

– Petit cochon, dit-il, je connais un endroit où les pommes
sont rouges et bien sucrées.

– Où ça ? demanda le troisième petit cochon, en se léchant
les babines.

– Dans le verger d'à côté. Je t'y accompagnerai demain matin,
si tu le veux bien, répondit le loup.

– À quelle heure ?

– Je viendrai te chercher à six heures.

Le petit cochon se leva
à cinq heures. À six
heures, il avait rempli
son panier de pommes et
était déjà revenu chez lui.
Il entendit le loup gratter
à sa porte :

– Hummm, ça sent bon
la compote ici, es-tu prêt,
petit cochon ?

– Prêt ? Mais j'ai fini ma cueillette depuis belle lurette ! Si tu ne me crois pas, regarde tous les trognons qui sont derrière la maison. C'est ma compote qui sera bientôt prête !

Le loup était furieux, il devait vite trouver une autre idée pour faire sortir ce petit cochonnet futé.
Il lui dit :
– Petit cochon, je connais un endroit où les raisins sont mûrs et bien noirs.
– Où ça ? demanda le petit cochon en se léchant les babines.
– Dans la vigne, tout près du verger. Je t'y accompagnerai demain matin, si tu le veux bien, répondit le loup.

– À quelle heure ?

– Je viendrai te chercher à cinq heures.

Le loup se cacha de bon matin derrière un arbre, tout près de la maison.

Mais le petit cochon était malin. Il s'était levé bien avant le loup. Il avait pris un autre chemin, avait rempli son panier de belles grappes de raisin et était déjà revenu chez lui. À cinq heures, ne voyant personne sortir, le loup s'approcha.

– Hummm, ça sent bon la tarte ici, es-tu prêt, petit cochon ?

– Prêt ? Mais j'ai fini ma cueillette depuis belle lurette ! Si tu ne me crois pas, regarde tous les pépins qui sont derrière la maison. C'est ma tarte qui sera bientôt prête !

– Ces trois petits cochons roses m'en font voir de toutes les couleurs, cria l'animal.

Le loup hurlait comme un fou, furieux de les entendre encore
se moquer de lui.

– Attendez un peu, mes cocos, cria-t-il, je n'ai pas dit mon dernier
mot !

Alors, le loup monta sur le toit, bien décidé à passer par la cheminée
pour les attraper tous les trois.

Mais, ce qu'il ne savait pas, c'est que les petits cochons avaient mis
une grosse marmite de légumes sur le feu, dans la cheminée.

Le loup fit un énorme « plouf » en atterrissant dans l'eau brûlante.
Il hurla de douleur et bondit hors de la marmite.

Les trois petits cochons lui ouvrirent bien vite la porte pour le laisser sortir.

Le loup tenait ses fesses ébouillantées. Et il courait, courait droit devant lui.

Pendant ce temps, les trois petits cochons s'attablèrent pour dîner.

Et pour le dessert ?... Ils dégustèrent une délicieuse tarte aux raisins !

LE LOUP ET
LES SEPT CHEVREAUX

Il était une fois une chèvre blanche qui avait sept chevreaux.

Elle les aimait comme une mère aime ses enfants.

Un jour, elle se fit mal à la jambe. Elle devait aller à la ville pour se faire raccommoder avec du fil d'argent.

« Prenez garde au loup, mes petits. S'il entrait, il vous mangerait tout crus ! Le méchant sait se déguiser, mais vous le reconnaîtrez facilement à sa grosse voix et à ses pattes noires », leur dit-elle.

– Ne t'inquiète pas, maman, nous serons prudents, répondirent les sept chevreaux.

La chèvre partit, rassurée. Peu de temps après, on frappa à la porte et les chevreaux entendirent :

– Ouvrez, les enfants, c'est moi, votre mère. Je vous rapporte, à tous, quelque chose.

Les chevreaux avaient reconnu le grand méchant loup.

– Non, non, nous ne t'ouvrirons pas ! Notre mère a la voix toute douce. Toi, tu as une grosse voix, tu es le loup, répondirent les chevreaux. Va-t-en ! Si on t'ouvrait, tu nous mangerais !

Alors le loup courut chez un marchand. Il prit une boîte de craies

et l'avala toute entière pour rendre sa voix douce, comme celle
des mamans. Puis, le loup revint frapper à la porte.
– Ouvrez, les enfants, c'est moi, votre mère. Je vous rapporte, à tous,
quelque chose, dit-il en prenant une voix douce.
Mais le loup avait posé sa patte noire sur la fenêtre.

Les petits chevreaux la virent et s'écrièrent :
– Non, non, nous ne t'ouvrirons pas ! Notre mère n'a pas la patte
noire comme toi, tu es le loup. Va-t-en ! Si on t'ouvrait, tu nous
mangerais !
Alors le loup courut chez le meunier.
– Blanchis-moi les pattes ou je te mange, dit le loup.

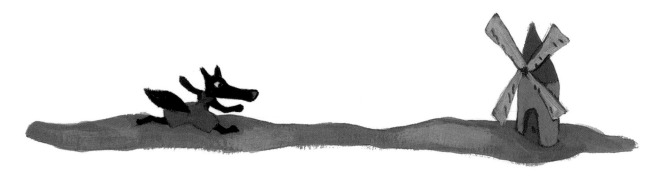

En tremblant, le meunier lui trempa les pattes dans la farine.

Et le loup revint frapper à la porte.

– Ouvrez-moi, les enfants, c'est votre petite maman qui est de retour.
Je vous rapporte, à tous, quelque chose, dit-il en prenant une voix
douce.

– Montre-nous d'abord ta patte, pour voir si tu es bien notre maman
chérie.

Le loup posa sa patte contre la fenêtre. Une patte blanche comme
la patte d'une chèvre.

Les petits chevreaux crurent ce que le loup avait dit. Doucement,
tout doucement, ils entrouvrirent la porte. Et, là... le grand méchant
loup apparut !

– Qui vais-je manger en premier ? dit-il en se léchant les babines.

Les chevreaux, épouvantés, couraient dans tous les sens pour
se cacher. Le premier bondit sous la table, le deuxième sous le lit,
le troisième dans la cheminée, le quatrième dans la cuisine,
le cinquième, dans l'armoire, le sixième sous la bassine et
le septième dans le coffre de l'horloge. Mais le loup les trouva et
les avala bien vite.
Tous ? Sauf le plus jeune qui était dans la pendule et que le loup
ne vit pas.

Le loup, content de son repas, sortit en se caressant le ventre.
Il alla s'allonger près du ruisseau pour faire la sieste et digérer.
Dame Biquette revenait de la ville en boitant, toute raccommodée
avec du fil d'argent. Elle vit la porte grande ouverte et sa maison
sens dessus-dessous. Quel malheur !
Tout était défait, renversé, cassé, arraché… Et plus de chevreaux !
La pauvre mère appela chacun de ses petits par leur nom, mais
personne ne répondit. Elle se mit à pleurer. Quand elle appela
le dernier, elle entendit une petite voix tremblante :

 – Maman… maman… Je suis caché dans l'horloge !

– Mon tout petit !

Elle le délivra et il lui raconta comment le loup les avait trompé et avait dévoré ses frères. Alors qu'elle pleurait de chagrin, elle entendit :

« RRRRRRRRRR, RRRRRRRR, RRRRRRRR… »

– Qu'est-ce que c'est ? chuchota-t-elle.

Elle sortit de la maison et traversa le pré, suivie de son petit. C'était le loup qui ronflait. Il faisait trembler les feuilles de l'arbre, au-dessus de lui. La chèvre vit que quelque chose remuait dans le gros ventre du monstre.

– Et si mes petits étaient encore en vie ! pensa-t-elle.

Elle envoya le petit chevreau à la maison pour chercher des ciseaux, une aiguille et du fil bien solide. Sans hésiter, la chèvre ouvrit le ventre du loup. A peine eut-elle commencé qu'un petit chevreau passa la tête. Puis les six chevreaux sortirent, les uns après les autres. Ils étaient tous bien vivants.

Quelle joie ! Ils embrassaient leur mère, gambadaient. Mais la chèvre chuchota :

– Allez vite me chercher des pierres, nous en remplirons le bedon de ce maudit animal pendant qu'il dort.

Elle bourra autant qu'elle put le ventre du loup. Puis elle se dépêcha de le recoudre. Elle fit si vite et si bien que le loup ne s'aperçut

de rien. Puis, la chèvre rentra à la maison
avec ses sept chevreaux retrouvés.
Elle ferma la porte à clef.
Lorsqu'il se réveilla de sa sieste, le loup
s'étira. Mais les cailloux lui donnaient
drôlement soif.

En s'approchant du ruisseau, il se trouva
bien lourdaud. Poum patapoum…
Les pierres se cognaient à grand bruit dans son estomac.
– Qu'est-ce qui poum patapoum dans mon ventroum ?
Il se pencha au-dessus du ruisseau, mais les pierres l'entraînèrent
au fond de l'eau et il se noya.
Quand ils virent cela, les chevreaux accoururent et crièrent :
– Le loup est mort ! le loup est mort !

Et ils dansèrent de joie avec leur maman.

LE PETIT POUCET

Il était une fois un pauvre bûcheron et sa femme qui avaient bien du mal à nourrir leurs sept enfants ! Le plus jeune, quand il vint au monde, n'était pas plus grand qu'un pouce. Alors, on l'appela le petit Poucet. Il était aussi le plus futé de tous.

La misère devint si grande, qu'un soir, le bûcheron dit à sa femme : « Je ne supporterai pas de voir mourir de faim nos enfants ! Demain, nous irons les perdre dans la forêt. »
Le petit Poucet, caché derrière la porte, avait tout entendu. Il songea toute la nuit à ce qu'il devait faire.

Le petit Poucet se leva de bon matin, sortit pour remplir ses poches de petits cailloux blancs et revint à la maison. Il ne dit rien à ses frères.

Le bûcheron, sa femme et leurs sept garçons se mirent en route et pénétrèrent dans une épaisse forêt. Là, chacun commença à ramasser du bois.
Voyant que tous leurs enfants étaient occupés, le bûcheron et sa femme s'enfuirent sans être vus.
Lorsque les enfants se virent seuls,

ils se mirent à crier et à pleurer de toutes leurs forces. Mais le petit Poucet avait semé, le long du chemin, les petits cailloux blancs qu'il avait dans la poche.

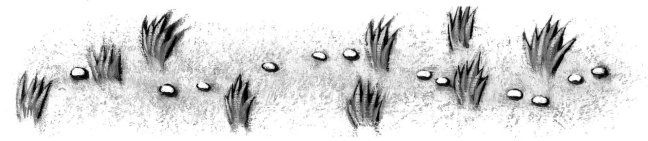

Il leur dit : « Ne vous inquiétez pas, mes frères ! Nos parents nous ont laissés ici, mais je vous ramènerai à la maison. Suivez-moi ! »
Et il les guida jusqu'à la maison par le chemin qu'ils avaient emprunté, le matin même, avec leurs parents.

Pendant ce temps, le seigneur du village avait envoyé au bûcheron dix écus qu'il lui devait. La bûcheronne courut acheter trois fois plus de viande qu'il n'en fallait pour un dîner de deux personnes.

Lorsqu'ils furent rassasiés, la femme dit :

« Hélas ! Où sont nos pauvres enfants ? Comme ils se seraient régalés ! Que font-ils à présent au milieu de cette dangereuse forêt ? »

Les enfants, qui avaient entendu ces paroles, se précipitèrent dans la maison en criant tous ensemble :

– Nous voilà, nous voilà !

Ils s'embrassèrent, s'attablèrent et mangèrent d'un appétit qui faisait plaisir au bûcheron et à sa femme. Ils racontèrent la peur qu'ils avaient eue dans la forêt, parlant tous en même temps. Ces braves gens étaient ravis de retrouver leurs enfants.

Lorsque tout l'argent fut dépensé, ils décidèrent de perdre à nouveau leurs sept garçons. Le petit Poucet entendit encore

leur discussion secrète. Mais cette fois-ci, il ne put
sortir au petit matin : la porte de la maison était
fermée à clé. En partant, la mère donna à chacun
un morceau de pain pour le déjeuner. Le petit
Poucet, au lieu de cailloux, sema les miettes
sur le sentier.

Le père et la mère les menèrent dans l'endroit
le plus profond et le plus obscur de la forêt
et les abandonnèrent.

Le petit Poucet croyait retrouver facilement
le chemin du retour. Mais les oiseaux avaient
mangé tout le pain. Il ne retrouva aucune miette !
Les enfants, ne sachant comment s'orienter, s'enfonçaient
dans la forêt. La nuit vint.

Un grand vent leur glaçait le corps.
Ils croyaient entendre de tous côtés
les hurlements des loups. Ils n'osaient
plus se parler ni tourner la tête.
Une grosse pluie les transperçait
jusqu'aux os. Ils glissaient à chaque pas,
tombaient dans la boue.
Le petit Poucet grimpa en haut
d'un arbre et aperçut une petite lueur,
très loin, par-delà la forêt.

Les garçons marchèrent dans cette direction, manquant se perdre cent fois. Enfin ils arrivèrent.

« Que voulez-vous ? » leur demanda la femme qui vint leur ouvrir.

– Nous nous sommes perdus dans la forêt. Auriez-vous la bonté
de nous abriter pour la nuit ?

– Mes pauvres enfants, dit la femme, savez-vous qu'ici habite un ogre
qui mange les petits enfants ?

– Hélas, madame, lui répondit le petit Poucet qui, comme ses frères,
tremblait de tous ses membres, que ferons-nous ?
Si nous retournons dans la forêt, les loups nous mangeront
cette nuit. Mieux vaut que ce soit monsieur l'ogre qui nous mange.
Peut-être que si vous lui parlez il aura pitié de nous.

La femme décida de cacher les enfants à son mari jusqu'au lendemain matin. Elle les emmena se réchauffer auprès d'un bon feu. Un mouton tournait sur la broche : c'était pour le dîner de l'ogre. Les enfants commençaient à se sentir mieux quand soudain, trois grands coups résonnèrent : l'ogre rentrait.

Sa femme cacha précipitemment les enfants sous le lit et alla ouvrir. L'ogre se mit aussitôt à table. Et, tout en mangeant son mouton, il flairait l'air autour de lui. « Ça sent la chair fraîche, ici ! »

– C'est la bonne odeur du veau que je suis en train de vous préparer, répondit sa femme.

– Je sens la chair fraîche, te dis-je, reprit l'ogre en regardant sa femme de travers.

Et disant ces mots, l'ogre se dirigea droit vers le lit.

– Voilà donc comme tu me mens, maudite femme ! tonna-t-il, en tirant un bambin par le pied. Je ne sais ce qui me retient de te manger aussi ! Mais voici du gibier que je partagerai volontiers avec trois ogres de mes amis qui doivent venir ces jours-ci !

Il les tira tous de dessous le lit. Les pauvres enfants se mirent à genoux, le supplièrent.

Mais ils avaient affaire au plus cruel des ogres. Le géant choisit un long couteau. Il empoignait déjà un enfant, lorsque sa femme lui dit :
– Que veux-tu faire à l'heure qu'il est ? N'as-tu pas assez de temps demain ?
– Tu as raison, dit l'ogre, donne-leur bien à manger, afin qu'ils ne maigrissent pas, et couche-les.

L'ogre était ravi d'avoir trouvé un bon dîner à offrir à ses amis.
Il alla se coucher.

L'ogre avait sept filles. Comme leur père, elles mangeaient de la chair fraîche. Ces petites ogresses promettaient beaucoup car elles mordaient déjà les petits enfants pour en sucer le sang.
Elles étaient endormies dans un grand lit, avec une couronne d'or sur la tête.
Dans le second grand lit de la chambre, la femme de l'ogre installa les sept garçons.
Mais comme le petit Poucet craignait de voir l'ogre revenir, il enleva son bonnet de nuit ainsi que ceux de ses frères, et alla tout doucement les mettre sur la tête des sept filles de l'ogre.

Puis il posa les sept couronnes d'or sur la tête de ses frères et
sur la sienne.

Pendant ce temps, l'ogre regrettait de ne pas avoir égorgé les sept
garçons avant de se coucher. Il prit donc son long couteau et monta,
dans le noir, vers la chambre des enfants. Il s'approcha du lit
à tâton.

Le petit Poucet frissonna quand il sentit la grosse main de l'ogre
dans ses cheveux. Le géant fut bien surpris de reconnaître,
sous ses doigts, les couronnes de ses chères petites ogresses.
– Qu'allais-je faire là ! souffla-t-il.
Il alla ensuite vers le lit de ses filles où il put reconnaître
les petits bonnets des garçons.
– Ah, les voilà nos gaillards, dit-il, allons-y !
Et c'est ainsi que l'ogre coupa la gorge de ses propres filles.

Dès qu'il entendit l'ogre ronfler, le petit Poucet réveilla ses frères.
Ils s'enfuirent aussi vite qu'ils purent, sans savoir où ils allaient.
Poussés par la peur, ils coururent presque toute la nuit.

Au petit matin, l'ogre découvrit l'affreux spectacle.

– Ah, qu'ai-je fait, hurla-t-il. Ils me le paieront, les malheureux !

Il enfila ses bottes de sept lieues et, fou de rage, partit à leur
recherche. Il enjambait les montagnes, traversait d'un bond
les rivières. Mais l'ogre, fatigué, s'endormit sur un rocher
près duquel les garçons s'étaient cachés.

– Courez jusqu'à la maison, chuchota le petit Poucet à ses six frères.

Le petit Poucet s'approcha de l'ogre, lui retira ses bottes et les enfila.
Les bottes avaient le don de s'agrandir et de rapetisser, si bien
qu'elles lui allèrent parfaitement.

Le petit Poucet alla trouver le roi, et grâce à ses bottes magiques,
lui rapporta bien vite des nouvelles de son armée lointaine.
Le roi, très satisfait, lui donna une grosse somme d'argent.
C'est ainsi que le petit Poucet devint très riche, et il en fit profiter
toute sa famille.

LES MUSICIENS DE BRÊME

Un pauvre homme vivait dans son village avec son âne. L'âne était si vieux, il avait porté tant de sacs jusqu'au moulin, qu'il était épuisé et ne pouvait plus travailler.

Son maître lui reprochait sa paresse. L'âne, sentant qu'il était de trop, préféra se sauver.

Il avait entendu dire que, dans la ville de Brême, on cherchait des musiciens pour la fanfare.

Il avait à peine quitté le village qu'il rencontra un chien de chasse, couché sur la route, qui aboyait tristement.

– Qu'as-tu donc, mon pauvre chien ? questionna l'âne.

– Mon maître m'a abandonné parce que je n'ai plus assez de forces pour aller à la chasse. Je suis trop vieux, alors je me suis sauvé… mais que vais-je devenir, à présent ? gémit le chien.

– Moi je vais à Brême
pour rejoindre la fanfare,
dit l'âne. Viens avec moi,
tu pourrais jouer du tambour.

Le chien, tout heureux d'avoir
un ami, s'empressa de suivre
l'âne. Peu après, au bord
du chemin, ils trouvèrent
un chat qui avait l'air triste
comme la pluie.

– Qu'est-ce qui ne va pas, le chat ? demanda l'âne.
– Ma maîtresse veut me noyer parce que je deviens vieux, parce que
je préfère ronronner près de la cheminée que chasser les souris.
J'ai réussi à me sauver, mais que vais-je devenir ?
– Eh bien ! Viens donc avec nous jusqu'à Brême. Tu pourras entrer
dans la fanfare, proposa l'âne.

Le chat trouva le conseil excellent et partit avec eux. Nos trois amis
arrivèrent bientôt près d'une ferme. Sur le toit de la grange, un coq
chantait à tue-tête.
– Mais pourquoi fais-tu tant de bruit ? dit l'âne.
– Ma maîtresse veut me faire cuire au four pour le dîner. Je chante
de toutes mes forces, car c'est la dernière fois que je vois le soleil
se lever.

– Viens avec nous, Cocorico ! Nous allons à Brême rejoindre
la fanfare et de nous quatre, tu parais bien le meilleur chanteur !
Le coq accepta la proposition et les voilà partis tous ensemble.
La route était longue jusqu'à Brême.

Les quatre compagnons s'arrêtèrent donc dans la forêt pour y passer
la nuit. Ils essayèrent de s'endormir, mais ils étaient bien mal
installés.

Tout à coup, le coq s'écria :
– J'aperçois une lumière !
Il doit y avoir une maison,
pas très loin d'ici.
– Allons-y ! suggéra l'âne.
Nous pourrons peut-être
nous y abriter !
Ils découvrirent en effet
une maison toute éclairée.

L'âne, parce qu'il était le plus grand, s'approcha de la fenêtre
pour regarder à l'intérieur : c'était une maison de voleurs.

– Que vois-tu mon ami ? demanda le coq.

– Je vois une table bien servie avec de bons plats et de quoi boire,
chuchota l'âne.

Affamés, les quatre amis se demandèrent comment prendre

la place des voleurs
autour de la table.
Chacun donna
son idée et
ils imaginèrent
un plan. L'âne,
prenant
le commandement
de la troupe, posa
ses pattes de devant
sur le rebord
de la fenêtre, le chien
monta sur le dos
de l'âne, le chat sur
celui du chien et le coq,
d'un coup d'ailes, vint
se percher sur le chat.
La belle pyramide !

L'âne se mit à braire, le chien à aboyer, le chat à miauler et le coq lança un « cocorico » assourdissant. Puis ils se précipitèrent tous dans la pièce en faisant voler les vitres en éclats.

Les voleurs, épouvantés par cette terrible fanfare, s'imaginèrent qu'un fantôme entrait. Ils s'enfuirent tout tremblants dans la forêt, très loin de la maison.

Alors les quatre amis se mirent à table, et mangèrent joyeusement tout ce qu'ils trouvèrent.

Lorsque nos musiciens eurent terminé, ils éteignirent toutes
les lumières et chacun s'installa dans la maison ou dans le jardin
pour passer la nuit. Fatigués, ils s'endormirent aussitôt.

Minuit était passé quand les voleurs s'aperçurent qu'il n'y avait plus
de lumière dans la maison. Comme tout paraissait calme,
le chef grommela :
« Tout de même, nous n'aurions pas dû nous enfuir aussi vite ! »
Il ordonna à l'un de ses hommes d'aller voir ce qui se passait
dans la maison.
Le bandit ouvrit prudemment la porte. Il entra par la cuisine

pour chercher une bougie.
Mais avant qu'il ait eu le temps
d'éclairer la pièce, le chat,
qui dormait devant la cheminée,
lui sauta au visage
toutes griffes dehors.

L'homme, tremblant de peur,
se retourna et courut vers
la porte pour s'enfuir, mais
le chien, couché là, bondit
et lui mordit la jambe.

Quand l'homme fut dehors
et voulut traverser le jardin,
il passa près du fumier et reçut
un bon coup de sabot de l'âne.
Enfin, le coq, réveillé
par le vacarme, chantait
plus fort que jamais.
Le voleur, épouvanté, courut
vers la forêt.
Il arriva tout essoufflé
auprès de ses compagnons.

Il était tellement effrayé qu'il pouvait à peine parler.

– Dans... dans, dans la maison, balbutia-t-il, y'a des monstres.
Plein de monstres... Une terrible sorcière m'a griffé la figure
de ses doigts crochus. Une bête sauvage m'a à moitié dévoré
la jambe. Dans le jardin, un géant, peut-être même un dragon,
m'a donné un gros coup de bâton et a essayé de me prendre
dans ses pattes, tandis qu'un autre monstre tout en haut du toit
criait : « Arrêtez-le ! Arrêtez le brigand ! » Je ne sais pas encore
comment j'ai pu leur échapper.

En entendant ce récit, les bandits s'enfuirent et n'osèrent plus jamais revenir.

Les quatre compagnons, quant à eux, se trouvèrent si bien dans cette maison qu'ils y restèrent sans plus jamais penser à rejoindre la fanfare de Brême.

TOM POUCE

Un pauvre paysan était assis, au coin du feu, avec sa femme.

– C'est si triste que nous n'ayons pas d'enfants, dit l'un.

– Si nous pouvions en avoir un seul, soupira l'autre. Même
s'il n'était pas plus grand que le pouce, nous l'aimerions de tout
notre cœur !

Or, leur souhait se réalisa. La femme mit au monde un enfant
qui n'était pas plus grand que le pouce. Ils l'appelèrent Tom Pouce.
Ils prirent grand soin de lui, mais l'enfant ne grandissait toujours pas.
Cependant, il était très malin et il réussissait tout ce qu'il faisait.

Un jour que le paysan rapportait du bois de la forêt, il soupira :

– Si au moins j'avais quelqu'un pour guider la charrette !

– Oh ! père, s'écria Tom Pouce, je la conduirais bien, moi,
la charrette, si vous le vouliez.
Le père accepta.
Tom Pouce s'installa dans l'oreille
du cheval pour lui crier la bonne
direction à prendre et, de là,
il guida l'attelage. La charrette
prenait le dernier tournant avant
la maison, et le petit homme criait
dans l'oreille du cheval : « Ho ! là… »
Deux étrangers qui passaient par-là
n'en croyaient pas leurs yeux :

– Qu'est-ce que c'est que cela ? On entend la voix du cocher et il n'y
a personne !
Les deux compères suivirent la charrette qui s'arrêta bientôt.
Tom Pouce lança joyeusement :
– Et voilà, père, nous sommes arrivés !

Les deux inconnus furent bien étonnés de voir le hardi petit homme.
L'un d'eux pointa Tom Pouce du doigt et dit à son compagnon :
– Notre fortune serait faite, rien qu'à le montrer dans une grande
ville. Il nous faut l'acheter.
– Vends-nous le petit homme, dirent-ils au paysan, nous le
soignerons bien.

– Non, répondit le père, pour tout l'or du monde
je ne céderai pas mon cher petit !
Mais Tom Pouce lui chuchota à l'oreille :
– Père, je ne serai pas long à revenir.
Le père vendit donc Tom Pouce aux étrangers.
L'un d'eux le posa sur sa tête ; après avoir fait
ses adieux à son père, Tom Pouce s'éloigna.
Le soir venu, il dit aux deux hommes :
– Hé, posez-moi donc un peu par terre, j'ai
besoin de descendre.
– Tu es très bien où tu es, répondit l'homme qui le portait.
– Dépêchez-vous de me poser, insista le petit homme.

Tom Pouce courut aussitôt jusqu'au champ tout proche et se cacha
dans un trou de mulot. Les deux lascards le poursuivirent ; mais
le trou était étroit, et il était facile pour Tom Pouce de s'y enfoncer.
À la nuit tombée, les deux hommes, très en colère, finirent par
rentrer chez eux. Tom Pouce s'installa dans une coquille d'escargot
vide pour la nuit.

Il s'endormait déjà quand il entendit
deux voleurs qui discutaient en chemin.
– Que ce fermier soit riche et
qu'on puisse lui voler beaucoup d'or,
d'accord. Mais comment nous y
prendre ? disait l'un.

– Très facile ! Je vais vous le dire !
dit Tom Pouce.

– Qu'est-ce que c'est ? dit l'un
des bandits effrayé. Qui parle ?

– Baissez le nez et vous le
verrez ! leur cria-t-il.

– Toi, petit diablotin, comment
voudrais-tu nous aider ?

– Je me glisse entre les barreaux
de sa chambre, et je vous passe tout ce que vous voulez, continua
Tom Pouce.

– Allons-y, décidèrent-ils, nous verrons ce que tu es capable de faire.

Ils arrivèrent tous trois chez le fermier. Tom Pouce se glissa
à l'intérieur de la chambre et cria de toutes ses forces :

– Tendez vos mains, je vais tout vous passer !

La cuisinière, qui dormait à côté fut réveillée par le bruit.

– Qui va là ? hurla-t-elle.

Les deux voleurs s'enfuirent et Tom Pouce se cacha dans le foin.

La cuisinière regarda, chercha, mais ne vit rien d'anormal.

– J'ai dû rêver, se dit-elle en retournant se coucher.

Tom Pouce s'était trouvé un petit nid douillet pour dormir.

Il rêva qu'il retrouvait ses parents. Mais les choses ne vont pas
toujours comme on veut, ça non ! Le jour se levait à peine

quand une servante vint nourrir les bêtes.
Elle alla directement à la grange prendre
une bonne brassée de foin dans lequel
le malheureux Tom Pouce dormait
profondément.

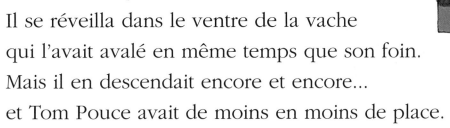

Il se réveilla dans le ventre de la vache
qui l'avait avalé en même temps que son foin.
Mais il en descendait encore et encore...
et Tom Pouce avait de moins en moins de place.
– Arrêtez ! cria-t-il de toutes ses forces, n'envoyez plus de foin !
La servante eut si peur, qu'elle tomba à la renverse.
Terrifiée, elle courut chez son maître et lui cria :
– Monsieur ! Monsieur, il y a la vache qui a parlé !

– Tu es folle, dit le fermier.
Il se rendit lui-même à l'étable
pour voir ce qu'il s'y passait.

Or, il était à peine arrivé que Tom Pouce
criait encore. Le fermier pensa qu'un
méchant esprit avait pris possession
de la vache. Il l'assomma et l'abandonna
sur le fumier. Tom Pouce eut bien
du mal à se libérer.

Mais voilà qu'un loup affamé, qui rôdait
autour de la vache, avala Tom Pouce.
Le courageux petit bonhomme se dit
qu'il arriverait peut-être à s'entendre
avec le loup.

– Cher loup, va dans la maison que
je t'indiquerai. Là, tu trouveras des gâteaux,
des saucisses, et plein d'autres choses
encore pour faire un magnifique festin.

Tom Pouce guida le loup jusqu'à la maison de son père. Le loup
y courut tout droit. Il s'introduisit, la nuit, par le tuyau d'égout,
qui semblait fait pour lui. Mais après s'être bien rempli l'estomac,
il ne put jamais repasser par le même trou, tant il avait grossi.

C'était bien ce qu'avait prévu Tom Pouce. Il se mit alors à crier
de toutes ses forces, dans le ventre du loup. Son père et sa mère
se réveillèrent. Ils coururent jusqu'à la cuisine et regardèrent
par le trou de la serrure.

– UN LOUP ! s'exclamèrent-ils.

En entendant la voix de son père, Tom Pouce lui cria :

– Père, c'est moi ! Je suis dans le ventre du loup.

– Notre cher petit est retrouvé ! s'exclama la mère toute heureuse.

Le père tua le loup, lui ouvrit le ventre et en sortit Tom Pouce.

– Ah ! lui dit-il, ce que nous avons pu être inquiets à ton sujet ! Où donc es-tu allé ?

– Oh ! père, j'ai voyagé dans un trou de souris, dans l'estomac d'une vache et dans le ventre du loup, mais à présent je reste avec vous !

– Quelle aventure ! Nous ne te vendrons jamais plus ! s'exclamèrent ses parents.

Ils l'embrassèrent et le serrèrent tout contre eux.

BLANCHE-NEIGE
ET LES SEPT NAINS

Par un long jour d'hiver, la neige
tombait à gros flocons.
La reine cousait dans son château.
Comme elle regardait par la fenêtre,
elle se piqua le doigt. Trois gouttes
de sang tombèrent sur la neige blanche.

– Ah, si seulement je pouvais avoir une petite fille à la peau blanche
comme la neige, aux lèvres rouges comme le sang et aux cheveux
noirs comme l'ébène de ce bois… ! pensa la reine.

Son souhait fut exaucé. Bientôt, elle mit au monde une petite fille
à la peau aussi blanche que la neige, aux lèvres aussi rouges
que le sang, et aux cheveux aussi noirs que l'ébène.
On l'appela Blanche-Neige.
Hélas, la reine mourut bientôt.
Un an plus tard, le roi se remaria
avec une femme d'une grande
beauté, mais aussi très orgueilleuse.

La nouvelle reine s'admirait souvent
dans son miroir magique.
Elle lui demandait :
– Miroir, dis-moi la vérité !

De toutes les femmes du royaume,
qui est la plus belle ?
Et le miroir répondait :
– Vous êtes, Majesté, la plus belle
femme du royaume.

Mais la jeune Blanche-Neige grandissait
et devenait chaque jour plus jolie.
Alors, un jour que la reine interrogeait
son miroir magique, il répondit :
– Vous êtes très belle Majesté, mais Blanche-Neige est bien plus
belle que vous.

La reine pâlit de rage et d'envie. Elle fit venir immédiatement
un chasseur, lui ordonna d'emmener Blanche-Neige dans la forêt
et de la tuer !

Le chasseur emmena la princesse. Mais il l'abandonna au cœur
de l'épaisse forêt, lui laissant la vie sauve. Alors, la pauvre
Blanche-Neige erra, terrorisée par les bruits et les ombres.
Les bêtes sauvages s'approchaient d'elle, sans pourtant jamais
la toucher. La nuit tombait quand elle aperçut une maisonnette.
Épuisée, elle décida d'y entrer.
Là, tout était propre et pimpant. On avait mis la table. Blanche-Neige
compta sept petites assiettes, avec sept petits pains et sept petits
verres remplis de vin. Sept petits lits s'alignaient le long du mur.
Comme elle avait très faim, Blanche-Neige mangea un peu
de chaque morceau de pain et but dans chaque petit verre.
Puis elle s'allongea sur l'un des petits lits et s'endormit aussitôt.

Peu après, arrivèrent sept nains qui habitaient là. Pendant la journée, ils travaillaient dans la montagne où ils cherchaient de l'or. En ouvrant la porte, ils s'aperçurent tout de suite que quelqu'un était entré chez eux. Le premier dit :

– Qui s'est assis sur mon tabouret ?

Le second :

– Qui a mangé dans mon assiette ?

Le troisième :

– Qui a grignoté mon pain ?

Le quatrième :

– Qui s'est servi de ma cuillère ?

Le cinquième :

– Qui a pris ma fourchette ?

Le sixième :

– Qui a bu mon vin ?

Tandis que le septième se précipitait vers son lit :

– Venez voir ! Venez voir ! Regardez comme elle est belle !

À cet instant, Blanche-Neige s'éveilla et raconta sa triste histoire aux sept nains.

– Pauvre petite princesse. Reste avec nous et nous te protégerons.

Avant de repartir dans la montagne, les sept nains avertirent
Blanche-Neige :

– La reine ne tardera pas à te retrouver. Surtout, fais attention
et n'ouvre à personne !

Pendant ce temps, la reine pensait que Blanche-Neige était morte.

Elle interrogea à nouveau son miroir magique :

– Miroir, dis-moi la vérité ! De toutes les femmes du royaume,
qui est la plus belle ?

Alors, le miroir répondit :

– Vous êtes, Majesté, la plus belle femme de ce royaume.

Mais, par-delà les montagnes, dans la sombre forêt où vivent
les sept nains, se cache Blanche-Neige, et sa beauté dépasse
la vôtre, madame.

La reine savait que le miroir disait la vérité.

Alors, elle se déguisa en vieille femme et, traversant les montagnes,
elle alla frapper à la maison des nains.

Blanche-Neige se pencha à la fenêtre :

– Désolée, mais je ne peux pas vous ouvrir.

 – Comme tu veux, dit la vieille femme, mais prends tout de même cette jolie pomme. Elle est pour toi.

– Non, je ne peux pas, insista Blanche-Neige.

– Petite sotte ! grinça la vieille. De quoi as-tu peur ? Crois-tu que cette pomme est empoisonnée ? Tiens, je vais croquer une bouchée, si cela peut te rassurer !

Mais la pomme était ainsi préparée qu'un côté était bon et l'autre empoisonné. Quand elle vit la vieille mordre dans la pomme, Blanche-Neige se laissa tenter. Mais à peine l'eut-elle croquée, qu'elle s'effondra sur le sol.

De retour au château, la reine interrogea son miroir.

– Miroir, qui est la plus belle du royaume ?

– Vous êtes assurément, Majesté, la plus belle femme du royaume.

Ainsi, la reine cruelle était satisfaite.

Le soir venu, les sept nains trouvèrent
Blanche-Neige étendue sur le sol.
Aucun souffle ne sortait de ses lèvres.
La jeune fille semblait morte.
Alors, les nains fabriquèrent un cercueil
de verre dans lequel ils allongèrent
la belle. Chacun à leur tour, ils venaient
veiller sur elle. Blanche-Neige semblait
dormir. Plus que jamais, sa peau était
blanche comme la neige, ses lèvres
rouges comme le sang et ses cheveux
noirs comme l'ébène.

Un jour, un prince s'arrêta devant la maison des sept nains.
Il vit la belle Blanche-Neige et en tomba éperdument amoureux.

Les nains lui racontèrent l'histoire de la princesse.
Comment tout cela était arrivé...

Le prince ne pouvait plus quitter
Blanche-Neige.
Et comme il soulevait doucement
la belle, le morceau de pomme
empoisonnée tomba
d'entre ses lèvres et la princesse
s'éveilla.

– Où suis-je ? Que m'est-il arrivé ? murmura-t-elle.

– Tout va bien, je suis là, chuchota le prince à l'oreille
de Blanche-Neige. Le prince lui raconta comment la reine
l'avait empoisonnée.

– Je vous aime plus que tout au monde, dit le prince. Voulez-vous
être ma femme ?

Blanche-Neige accepta.

La reine fut invitée au mariage du prince. Alors qu'elle s'admirait
dans son miroir magique, la reine, très sûre d'elle, demanda :

– Miroir, dis-moi la vérité ! De toutes les femmes du royaume,
qui est la plus belle ?

Le miroir répondit :
– Majesté, vous êtes fort belle, je vous
l'assure. Mais la beauté de la jeune mariée
dépasse la vôtre, madame.

En entendant ces mots, la reine ne put
contenir sa rage. Folle de curiosité,
elle se précipita pour découvrir
qui était la belle princesse.

Quand elle vit qu'il s'agissait de Blanche-Neige, elle s'étrangla
de stupeur, tomba malade et en mourut.

Et c'est ainsi que Blanche-Neige et le prince vécurent heureux
et régnèrent durant de longues et douces années.

LE PETIT
CHAPERON ROUGE

Il était une fois une petite paysanne très
jolie qui habitait avec sa mère, à l'orée
d'un village.

Elle était si mignonne et si douce
qu'il suffisait de la voir pour l'aimer aussitôt.
Sa grand-mère, surtout, l'adorait tellement,
qu'elle lui faisait très souvent des cadeaux.
Une fois, elle lui offrit un chaperon de velours rouge.
La fillette le trouvait si beau qu'elle ne voulait plus s'en séparer.

Et c'est ainsi que tous ceux qui la connaissaient lui donnèrent
le nom de Petit Chaperon Rouge.

Un jour, sa mère qui avait fait cuire du pain, l'appela et lui tendit
un joli panier tressé :
— Prends cette galette et ce petit pot de beurre,
et porte-les à ta grand-mère. On m'a dit
qu'elle était malade. Tout ceci lui fera
le plus grand bien. Et puis, sois sage
ma fille, dit encore la mère,
ne t'arrête pas en chemin.
Il faut que tu sois revenue
avant la nuit.

Le Petit Chaperon Rouge partit aussitôt, avec son petit panier.
Sa grand-mère demeurait assez loin du village et, pour s'y rendre,
elle devait traverser la forêt.

Quand le Petit Chaperon Rouge parvint au croisement
des chemins, elle rencontra… le loup.
La petite fille n'eut pas peur, car elle ne savait pas que le loup
pouvait être une si méchante bête.

– Où vas-tu fillette ? demanda le loup.

– Je porte une galette et un petit pot de beurre à ma grand-mère malade, répondit le Petit Chaperon Rouge poliment.

– Et où habite-t-elle, ta grand-mère ?

– Oh, c'est là-bas, après le Moulin, la première maison du village voisin, répondit le Petit Chaperon Rouge.

– Je veux, moi aussi, lui rendre visite, dit le loup. Tu pourrais

prendre ce chemin-là, et j'irai par ce chemin-ci. Et nous verrons
qui arrivera en premier.
Le loup courut à toute vitesse. Il avait pris le chemin le plus court
et arriva bien vite chez la grand-mère.

TOC TOC TOC...

– Qui est là ? demanda la grand-mère de sa voix chevrotante.

– C'est moi, le Petit Chaperon
Rouge, dit le loup en adoucissant
sa voix, je t'apporte une galette
et un petit pot de beurre.

– Je suis trop fatiguée
pour me lever ma chérie.
Tire la chevillette
et la bobinette cherra !

Le loup tira la chevillette,
et la porte s'ouvrit.

Il entra, referma la porte
derrière lui.
Puis il se précipita
sur la pauvre grand-mère
dont il ne fit qu'une
bouchée…

Il avait tellement faim !

Il enfila ensuite la chemise de nuit de la vieille femme, enfonça
son bonnet de dentelle sur ses oreilles, se coucha à sa place
dans le lit et tira les rideaux.

Il attendait le Petit Chaperon Rouge…
Pendant ce temps, la fillette cueillait des noisettes, faisait un bouquet
de petites fleurs, courait après les papillons.

Soudain, elle pensa à sa grand-mère. Elle se pressa donc un peu et arriva enfin devant la maisonnette.

TOC TOC...

— Qui est là ? cria le loup.
Le Petit Chaperon Rouge sursauta : elle ne reconnaissait pas la douce voix de sa grand-mère.

Mais pensant que celle-ci était très enrhumée, elle répondit :
– Grand-mère, ouvre, c'est moi… Je t'apporte une galette
et un petit pot de beurre.
– Tire la chevillette et la bobinette cherra, répondit alors le loup,
en retenant sa grosse voix.

Le Petit Chaperon Rouge tira la chevillette,
et la porte s'ouvrit.

Elle entra d'un pas hésitant
chez sa grand-mère. C'était
étrange… Quelque chose avait
changé, et elle ne se sentait pas
très à l'aise.
– Bonjour Grand-mère !

Comme personne ne répondait,
elle posa son panier sur la table,
puis s'approcha du lit.
Elle tira doucement
les rideaux.

Sa grand-mère était couchée là. Mais elle avait l'air bizarre,
derrière le rideau qui lui cachait le visage…

– Oh, Grand-mère, comme tu as de grandes oreilles !

– C'est pour mieux t'entendre, mon enfant.

– Oh, Grand-mère, comme tu as de grands yeux !

– C'est pour mieux te voir, mon enfant.

– Oh, Grand-mère, comme tu as de grands bras !

– C'est pour mieux t'embrasser, mon enfant.

– Oh, Grand-mère, comme tu as de grandes dents !

– C'est pour mieux te manger, hurla le loup en bondissant hors de la couverture.

En un instant, il se jeta sur le Petit Chaperon Rouge et la mangea toute crue.

Une fois que le loup eût calmé son grand appétit, il se recoucha et s'endormit.

Il ronflait fort... de plus en plus fort... tellement fort que toute la maison résonnait.

Un chasseur, qui passait par là, fut surpris d'entendre tant de bruit.

Il entra donc, et, s'approchant du lit, il découvrit... le loup !
– Sacripant ! C'est ici que je te trouve ! s'exclama le chasseur,
stupéfait.
Il allait épauler son fusil et tirer, mais il songea à la grand-mère.
– Et si ce coquin de loup l'avait mangée ? songea-t-il. Il était
peut-être encore temps de la sauver.

Il posa son fusil, prit ses ciseaux et ouvrit le ventre du loup
qui dormait toujours.

Le Petit Chaperon Rouge sortit en s'écriant :
– Oh, la, la ! Comme j'ai eu peur ! Il faisait si noir dans le ventre
du loup !
Puis ce fut le tour de la vieille dame qui vivait encore,
mais respirait à peine.
Le chasseur prit la peau du loup et la ramena chez lui.
La grand-mère mangea la galette et le petit pot de beurre apportés
par le Petit Chaperon Rouge. Elle se sentit bientôt beaucoup mieux.

Quant au Petit Chaperon Rouge, on raconte qu'une autre fois,
un loup essaya de la distraire et de la faire sortir du chemin.
Mais la demoiselle ne l'écouta pas : elle avait retenu la leçon…

LA BELLE
AU BOIS DORMANT

Il était une fois un roi et une reine qui se répétaient chaque jour :
« Ah, si seulement nous avions un enfant ! »
Mais ils n'en avaient toujours pas.
Un jour que la reine prenait un bain,
une grenouille sauta hors de l'eau
et lui annonça :
– Ton vœu sera exaucé. Avant un an,
tu mettras au monde une fille.

Ce que la grenouille avait dit
se produisit : la reine donna naissance
à une si jolie petite fille que le roi,
fou de joie, donna une grande fête.

Il ne se contenta pas d'y inviter ses parents, amis et voisins. Le roi
donna aussi à sa fille pour marraines toutes les fées que le royaume
pouvait compter. Il voulait ainsi que chacune fit don à la belle enfant
d'une qualité particulière.
Sept fées furent donc invitées.

Le roi fit fabriquer des couverts ciselés dans l'or le plus fin, garnis de
rubis et de diamants pour chacune d'elles.
Mais, comme chacun prenait place à la table du festin, on vit entrer
une vieille fée qui n'avait pas été invitée.

Il y avait plus de cinquante ans
qu'elle n'était sortie de sa tour
au point que tout le monde
la croyait morte.
Le roi, très gêné, lui fit
prendre place parmi les invités,
mais il ne put lui donner
d'aussi précieux couverts
puisqu'il n'en avait fait
fabriquer que sept
pour les sept fées.

La plus jeune des fées,
à côté de qui elle était
attablée, entendit la
vieille fée marmonner :
« J'ai été oubliée,
mais je me vengerai ! »

La fête eut lieu
et le festin
se déroula au milieu
des splendeurs,

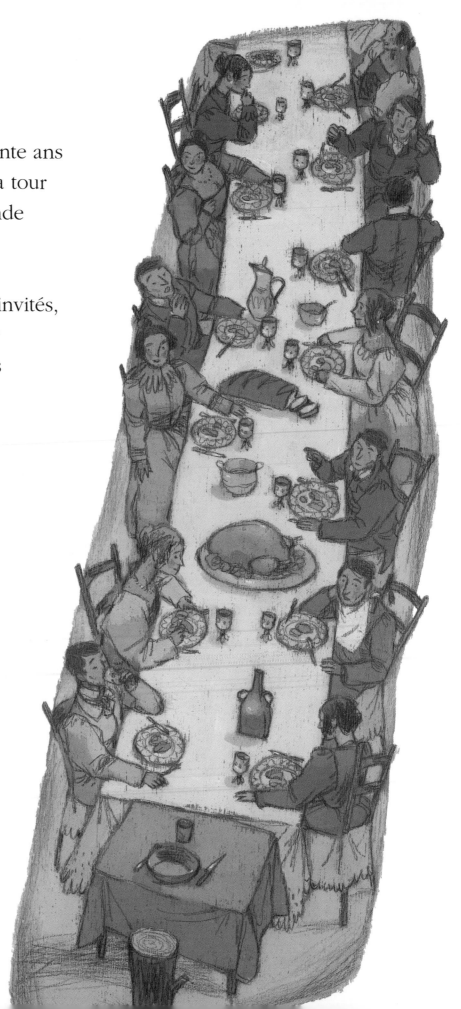

puis, enfin, les fées s'avancèrent vers le berceau et commencèrent
à faire leurs dons à la princesse.

La première lui donna la beauté, la deuxième lui offrit l'intelligence,
la troisième la grâce… et lorsqu'arriva le tour de la vieille fée,
on entendit s'élever sa voix haineuse :

– Quand la princesse aura quinze ans, elle se piquera
avec un fuseau et elle en mourra !

Chacun se figea, atterré par les paroles qui venaient d'être prononcées. Le roi et la reine blémirent, mais la vieille fée quitta la salle du château sans ajouter un mot.

C'est alors que la plus jeune des fées, celle qui avait entendu les menaces de son aînée, s'avança à son tour pour prononcer son vœu :
– Je n'ai pas la puissance d'annuler entièrement cette malédiction. Toutefois, je peux en atténuer les effets. La princesse ne mourra pas, mais elle sera plongée dans un profond sommeil, qui durera cent années.

Le roi, qui voulait protéger son enfant chérie du mauvais sort, ordonna que tous les fuseaux de son royaume soient brûlés.

Au fil des ans, les dons des fées se réalisèrent pleinement : l'enfant devint si belle, si gracieuse et si intelligente que tous ceux qui l'entouraient l'aimaient.

Un jour que le roi et la reine s'étaient absentés, la jeune princesse, qui avait alors quinze ans, resta seule au château.

Elle se mit à errer, visitant les chambres, les salons, les galeries.

Sa promenade la conduisit tout en haut d'un très vieux donjon.

Elle arriva devant une petite porte fermée par une clé bien rouillée.

Quand elle la tourna, la porte s'ouvrit aussitôt, lui découvrant
une chambrette où se tenait une vieille femme, le fuseau à la main,
qui filait avec ardeur.

– Bonjour petite grand-mère, lui dit la princesse, que fais-tu là ?

– Je file, je file, dit la vieille.

– Et cette chose-là, qui danse si joyeusement, qu'est-ce que c'est ?
fit la demoiselle.

Elle s'empara du fuseau pour essayer de filer à son tour.

Mais à peine l'avait-elle touché qu'elle se piquait le doigt.

Elle tomba sur le lit, derrière elle, et plongea immédiatement

dans un profond sommeil.

La prophétie de la vieille fée venait de se réaliser.

Le roi et la reine, qui venaient de rentrer, s'endormirent, dans

la grand-salle, ainsi que tous ceux qui vivaient dans le château.

Les chevaux s'endormirent dans les écuries, les chiens dans la cour, les pigeons sur le toit, les mouches, même, sur le mur ; le feu lui aussi se figea dans la cheminée ; le rôti cessa de rôtir. Même le vent se coucha et plus aucune feuille ne bougea.

Autour du château, la broussaille épineuse se mit à grandir et à s'épaissir, d'année en année. Aucune bête, aucun homme n'aurait pu la franchir. Si bien que le château en fut d'abord tout entouré, puis recouvert. C'était à tel point qu'on ne le voyait plus du tout.

Peu à peu, dans le pays, circula la légende de la belle princesse
endormie sous les ronces. Fleur-d'Épine, tel était le nom
qu'on lui avait donné.

Après bien des années, il arriva
que le fils d'un roi passa dans le pays
et entendit ce que racontait un vieil homme
sur ce massif d'épines :
– Par-dessous, il est un château
dans lequel une princesse d'une beauté
merveilleuse, appelée Fleur-d'Épine,
doit dormir pendant cent ans.
Le roi, la reine et toute la cour dorment
avec elle. Seul le fils d'un roi parviendra
à la réveiller, ajouta-t-il.

Alors le prince résolut d'aller délivrer la belle. Quand il avança
vers les hautes ronces, il ne trouva rien que de grandes fleurs
épanouies qui s'écartaient d'elles-mêmes pour lui ouvrir le passage,
et qui se refermaient derrière lui.

Dans la cour du château, il vit les chevaux couchés dans les écuries,
les grands chiens de chasse allongés dans la cour. Sur le toit, il vit
des pigeons qui avaient la tête sous l'aile.

À l'intérieur du château, les mouches somnolaient sur le mur.
Dans la grand-salle, le roi et la reine dormaient sur leur trône.

Tout était calme et parfaitement paisible. Le prince monta enfin
dans le vieux donjon où dormait la belle Fleur-d'Épine.
Couchée là, elle était si merveilleusement belle qu'il ne pouvait
la quitter des yeux. Il s'approcha et posa doucement ses lèvres
sur sa joue.
À la caresse de ce baiser, Fleur-d'Épine ouvrit les yeux,
et se réveilla tout à fait.
La belle regarda le prince et en tomba aussitôt amoureuse.
Ils descendirent lentement le petit escalier du vieux donjon,
et, retrouvèrent un château qui sortait du sommeil.
Tous se regardaient avec des yeux ronds.

Alors furent célébrées avec splendeur les noces du prince
avec la belle princesse, et ce fut le bonheur pour eux,
jusqu'à la fin des temps.

LE VAILLANT PETIT TAILLEUR

Par un beau matin d'été, un petit tailleur cousait
près de sa fenêtre. Dehors, une paysanne
descendait la rue en criant :
« Confituuure, qui veut de la bonne confituuure ? »
Le petit tailleur, qui avait bien envie d'y goûter, acheta de quoi
se faire une bonne tartine.
– Hum, j'ai faim, se dit-il. Mais avant de manger, je dois terminer
ma veste.
Le petit tailleur se remit à coudre, heureux à l'idée de se régaler
ensuite. Mais, attirées par l'odeur de la confiture, des mouches
gourmandes vinrent tourner autour de sa tartine.
– Hé ! Je ne vous ai pas invitées, que je sache ! lança le petit tailleur.
Attendez un peu,
je vais vous
apprendre, moi !

Et il leur envoya
un bon coup
de torchon.
Sept mouches,
les pattes en l'air
sur la table,
se retrouvèrent
assommées.

– Quel costaud je fais ! s'exclama
le tailleur. Il faut que le monde entier
connaisse mon exploit !
Le petit homme se tailla une large
ceinture sur laquelle il broda :
« SEPT D'UN COUP ! ».
Très fier de lui, il l'attacha autour
de sa taille. Puis, avant de quitter
son atelier, il fourra dans sa poche
un vieux bout de fromage
et l'oiseau qu'il avait mis en cage.
Puis il se mit en route, prêt
à explorer le vaste monde.

Le petit tailleur arriva sans fatigue
au sommet d'une haute montagne.
Là, un géant contemplait le paysage.
– Bonjour camarade, s'écria le petit
tailleur, à quoi rêves–tu ? Moi, je pars
à l'aventure, veux-tu m'accompagner ?
Le géant le regarda avec mépris :
– Toi, misérable crevette ?
– Lis donc sur ma ceinture quelle sorte
d'homme je suis, répliqua aussitôt
le brave petit homme.

– SEPT D'UN COUP ! lut le géant très surpris. Toi ?

Le géant pensa que le petit homme avait tué sept... bonshommes !
À son tour, il voulut montrer sa force de géant. Alors, il ramassa
une pierre et la pressa si fort qu'il en fit sortir de l'eau. Il ramassa
une deuxième pierre et la lança si haut qu'on ne la vit plus.

– À toi..., fais-en autant ! dit le géant, en lui tapant sur l'épaule.

– Facile ! dit le rusé petit tailleur en plongeant les mains dans
ses poches.

De sa main gauche, il pressa le fromage qui lui dégoulina entre
les doigts. De sa main droite, il lança l'oiseau qui ne revint pas.

Stupéfait, le géant grogna. Ils se mirent tous deux en chemin
et arrivèrent bientôt devant un cerisier.

Le géant voulut attraper les plus beaux fruits, ceux qui sont
au sommet. Il tira la plus haute branche et la mit dans les mains
de son compagnon pour commencer sa cueillette.

Le petit tailleur, léger comme une plume, fut projeté en l'air et
retomba un peu plus loin.
– Comment ? s'étonna le géant, tu n'as pas la force de retenir
une petite branche comme celle-ci ?
– Oh ! ce n'est pas la force qui me manque, s'exclama le petit
tailleur. J'ai bondi par-dessus l'arbre pour voir les chasseurs
qui tiraient dans le buisson. Saute comme moi si tu le peux !

Mais le géant ne put sauter par-dessus l'arbre. Encore une fois,
le petit tailleur eut l'avantage.

– Puisque tu es si courageux, viens dormir cette nuit dans ma
caverne, en compagnie de mes amis les géants, dit le géant.

– Quelle caverne confortable ! s'écria le petit tailleur en arrivant.

– Couche-toi dans ce lit jusqu'à demain matin, proposa le géant.

Le lit était si immense que le petit tailleur se blottit dans un petit
coin. À minuit, le géant se leva, prit un gros bâton, et donna
un grand coup sur le lit.

Au matin, tous les géants allèrent se promener dans la forêt.
Ils pensaient être débarrassés du petit tailleur.

Mais quand ils l'aperçurent au loin, en train de siffloter,
ils s'enfuirent en courant, de peur d'être retrouvés par celui
qui en avait tué sept d'un coup. On ne les revit jamais.

Le petit tailleur continua son chemin et arriva dans le parc
d'un château. Fatigué, il s'y endormit.

Lorsqu'il se réveilla, il était entouré d'une foule impressionnée
par sa ceinture :

– SEPT D'UN COUP ! s'émerveillaient les dames, ce doit être
un grand seigneur !

Le roi décida aussitôt que ce héros commanderait son armée.

Mais les soldats eurent peur de se faire assommer par celui
qui en avait tué sept d'un coup : ils quittèrent le palais.

Bientôt, le roi regretta de voir partir ses fidèles guerriers à cause
d'un seul homme.

Alors, espérant éloigner le petit tailleur, le roi lui proposa
une dangereuse mission :

– Si tu nous débarrasses des deux géants qui sèment la terreur dans la contrée voisine, je te donnerai ma fille unique en mariage et la moitié de mon royaume.

Le petit tailleur, enchanté, partit aussitôt en se disant :

– Qui en abat sept d'un coup n'a pas de raison d'en craindre deux.

Au cœur de la forêt, le petit tailleur vit les deux géants qui dormaient et ronflaient bruyamment. Il grimpa dans l'arbre au-dessus d'eux et lança une pierre. L'un des géants la reçut sur la poitrine et se réveilla en sursaut. Croyant que c'était son compagnon qui le battait, le premier géant empoigna le deuxième et le frappa.

Ils luttèrent jusqu'à tomber morts en même temps. Le petit homme revint victorieux au palais... en sifflotant.

À présent, le roi regrettait sa promesse. Il lui dit encore :
– Avant d'obtenir ma fille et la moitié de mon royaume, tu dois accomplir un nouvel exploit. Il te faut attraper cette dangereuse licorne qui fait tant de dégâts dans la contrée.

Aussitôt que la licorne vit le petit tailleur, elle fonça droit sur lui. Mais il attendit, et au dernier instant, il bondit derrière un arbre. La corne de la bête s'enfonça profondément dans le tronc et elle se retrouva prisonnière. Avec une simple corde, le petit tailleur la ramena au palais... en sifflotant.

Le roi n'avait plus le choix, il devait tenir sa promesse.

Sa fille épousa donc le vaillant petit homme. Une nuit, la jeune reine entendit son époux parler en rêvant :

– Gamin, disait-il, finis-moi cette veste et reprise ce pantalon…

Comprenant alors que son époux n'était qu'un simple tailleur, elle alla se plaindre à son père.

– La nuit prochaine, je ferai enlever ton époux pendant son sommeil, et je l'enverrai loin d'ici, lui promit le roi pour la consoler.

Mais, le petit tailleur avait été prévenu par son fidèle valet.

Aussi, la nuit suivante, il fit semblant de dormir… et tout à coup, il se mit à crier :

– J'en ai tué sept d'un coup, puis deux géants, puis une licorne, ce ne sont pas les quelques maigrichons qui guettent derrière ma porte qui vont me faire peur !

Terrifiés, les soldats prirent leurs jambes à leur cou.

Plus un ne voulut se risquer à l'attaquer. Et c'est ainsi que le petit tailleur devenu roi, le resta toute sa vie.

CENDRILLON

Il était une fois une jeune fille, douce, et d'une grande beauté.
Elle avait perdu sa mère et, quelques temps plus tard, son père
s'était remarié. Sa nouvelle femme était très orgueilleuse, et elle avait
deux filles tout aussi orgueilleuses qu'elle.

Les trois femmes ne supportaient pas la belle enfant et lui donnaient
tous les travaux les plus durs de la maison. C'était elle qui lavait
la vaisselle, frottait les chambres et les escaliers.
Elle dormait dans le grenier, sur un vieux matelas, pendant que
ses sœurs avaient des chambres
coquettement décorées.
Quand elle avait fini
de travailler, la jeune fille
s'asseyait au coin de la grande
cheminée, dans les cendres.
C'est ainsi que ses sœurs
l'appelèrent Cendrillon.
Mais Cendrillon, avec ses pauvres
habits, était cent fois plus belle
que ses sœurs richement vêtues.

Un jour, le fils du roi donna un bal
auquel les deux sœurs furent
invitées. Ravies, elles passèrent
deux jours à se préparer.
Elles essayaient leurs vêtements,
choisissaient les coiffures qui
les mettraient le plus en valeur.

– Moi, dit l'une, je mettrai mon habit
de velours rouge et mon col de dentelle.
– Moi, dit l'autre, je porterai mon manteau à fleurs d'or et
mon collier de diamants.
Cendrillon, elle, lavait, repassait, rangeait le linge de ses sœurs.
Le jour venu, les deux sœurs appelèrent Cendrillon afin qu'elle
les aide à se préparer pour le bal.
La jeune fille les conseilla le mieux du monde, car elle avait bon
goût. Elle proposa même de les coiffer, ce qu'elles acceptèrent

volontiers. En se regardant dans le miroir,
elles lui disaient :
– Cendrillon, aimerais-tu aller au bal ?
– Hélas, oui, bien sûr. Mais c'est impossible !
– Tu as raison, une Cendrillon au bal, quelle
plaisanterie !
Et elles éclataient de rire en imaginant
la scène.

Une autre que Cendrillon se serait vengée
en ratant leur coiffure, mais Cendrillon était douce
et bonne : elle les coiffa parfaitement bien.
Enfin, elles partirent. Cendrillon les suivit longtemps
des yeux. Puis elle se mit à pleurer.
Sa marraine, qui était une fée, lui demanda
ce qu'elle avait.
– Je voudrais bien… Je voudrais bien…
Elle pleurait si fort, qu'elle ne pouvait finir sa phrase.
– Tu voudrais bien aller au bal, n'est-ce pas ? demanda doucement
sa marraine en lui caressant la joue.
– Oh, oui, soupira Cendrillon.
– Tu iras, ma belle, dit sa marraine. Va d'abord
me chercher une citrouille dans le jardin.

Cendrillon sécha ses larmes et rapporta
la plus grosse citrouille qu'elle put trouver.
– Que vas-tu faire avec ? demanda
Cendrillon pendant que sa marraine commençait
à creuser la citrouille.

La marraine toucha l'écorce
de la citrouille de sa baguette
et la changea aussitôt
en un beau carrosse doré.

Puis, elle attrapa six souris. Elle leur donna tour à tour un coup
de baguette magique et chaque souris se transforma alors
en un fougueux cheval. Ce qui fit un bel attelage de six chevaux.

– Avec quoi pourrions-nous faire un cocher ? réfléchit la marraine
à haute voix.

– Un rat ferait-il l'affaire ? suggéra Cendrillon.

– Parfait ! Trouve-moi un bon gros rat, dit la marraine.

La fée toucha le rat aux longues moustaches. Il fut changé
en un cocher moustachu.

Cendrillon et sa marraine s'amusaient beaucoup. Six lézards furent bientôt transformés
en six mignons laquais, qui prirent place
derrière le carrosse.

– Eh bien, voici de quoi aller au bal,
es-tu contente ? dit la fée satisfaite.

– Oui, mais… je ne peux y aller habillée
ainsi, dit Cendrillon en désignant ses vilains
habits.

– Mais où avais-je la tête ?!
s'écria la fée.
Et d'un coup de baguette,
Cendrillon fut parée
de somptueux habits
d'or et d'argent, brodés
de pierres précieuses.
Elle lui donna aussi
de jolies pantoufles de vair.

– Rappelle–toi ceci : il faut
que tu quittes le bal avant
minuit. Car, quand les douze coups sonneront à l'horloge du palais,
ton carrosse redeviendra citrouille, tes laquais lézards…
tout redeviendra comme avant !
– Promis, marraine, je serai de retour
avant minuit ! cria Cendrillon.
Et le carrosse s'éloigna à vive allure
vers le château.
On alla prévenir le fils du roi
qu'une princesse, que l'on ne connaissait
pas, venait d'arriver. Il courut la recevoir,
lui donnant la main pour l'aider à sortir
du carrosse.

Au moment où ils entraient dans la salle de bal,
il se fit un grand silence. Les invités cessèrent
de danser, les violons se turent.
Tous admiraient la beauté de l'inconnue
et on entendit chuchoter :
« Comme elle est belle… ! »

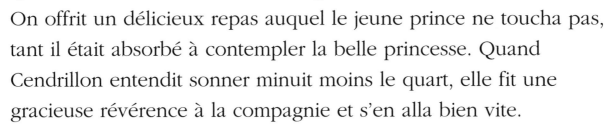

Le fils du roi la fit danser.
Elle se déplaçait avec tant de grâce
qu'on s'émerveilla encore davantage.
On offrit un délicieux repas auquel le jeune prince ne toucha pas,
tant il était absorbé à contempler la belle princesse. Quand
Cendrillon entendit sonner minuit moins le quart, elle fit une
gracieuse révérence à la compagnie et s'en alla bien vite.

À son retour, elle courut remercier
sa marraine et lui demanda si elle
pourrait assister au bal du lendemain,
parce que le fils du roi l'avait invitée.
À cet instant, les deux sœurs
arrivèrent.
– Vous rentrez tard, leur dit
Cendrillon en bâillant, comme si
on venait de la réveiller.

– Si tu étais venue au bal, lui dit l'une des sœurs
tout excitée, tu aurais vu la plus belle princesse
que l'on puisse imaginer !
Le fils du roi ferait n'importe quoi pour découvrir
qui elle est. Il organise un nouveau bal demain,
pour la revoir…

Le lendemain, les deux sœurs allèrent au bal.
Cendrillon aussi. Plus belle encore que la veille.
Le fils du roi était toujours près d'elle. La jeune
demoiselle s'amusait tellement qu'elle oublia ce
que sa marraine lui avait recommandé.
Elle entendit sonner le premier coup de minuit et se dit :
– Tiens, il est déjà onze heures !
Au douzième coup, affolée, elle s'enfuit. Le prince courut après elle
mais ne put la rattraper.

Dans sa précipitation, elle laissa
tomber une de ses pantoufles
de vair. Essouflée, Cendrillon arriva
chez elle, sans carrosse, sans
laquais, et dans ses habits déchirés.
Il ne lui restait, de sa tenue
de princesse, qu'une seule
pantoufle de vair.
Quand les deux sœurs revinrent

du bal, elles racontèrent à Cendrillon comment la mystérieuse
princesse avait précipitamment disparu et comment elle avait laissé
tomber l'une de ses pantoufles de vair que le prince avait ramassée.
Il était visiblement très amoureux. Inconsolable d'avoir laissé
s'échapper sa belle inconnue.

Quelques jours après, le prince fit savoir à tous qu'il épouserait
celle dont le pied entrerait dans la petite pantoufle. Les princesses,
les duchesses, toutes l'essayèrent sans succès. Puis on l'apporta
aux deux sœurs qui tentèrent en vain d'entrer leur pied dans le fin
soulier. Impossible !

Cendrillon, qui les regardait, osa s'approcher :
– Permettez-vous que je l'essaie à mon tour ?
– J'ai reçu l'ordre de la faire essayer à toutes les jeunes filles,
dit le gentilhomme qui avait apporté la pantoufle de vair.

Il invita Cendrillon à s'asseoir. Le petit pied de Cendrillon s'ajusta
parfaitement. Les sœurs furent bien étonnées lorsqu'elles virent
Cendrillon sortir de sa poche l'autre pantoufle, et la mettre
à son pied !
À cet instant, la bonne marraine arriva et, d'un coup de baguette,
elle changea les vieux habits de Cendrillon.

Sa robe était encore plus belle que toutes les autres.
– La princesse du bal ! s'exclamèrent les sœurs et leur mère.
Elles demandèrent vivement pardon à Cendrillon de tout ce
qu'elles lui avaient fait. Cendrillon leur dit, en les embrassant,
qu'elle leur pardonnait.

On mena Cendrillon chez le jeune prince. Il la trouva plus belle
que jamais, et, quelques jours plus tard, ils se marièrent.
Cendrillon invita ses sœurs à venir vivre au palais,
où elles se marièrent bientôt à deux grands seigneurs de la cour.

LE CHAT BOTTÉ

Un meunier avait trois fils. Lorsqu'il mourut, il ne laissa que son moulin, son âne et son chat. Le partage fut rapidement fait : l'aîné eut le moulin, le deuxième prit l'âne, et le plus jeune emmena le chat.

Le jeune fils gémit : « Grâce au moulin, mes frères feront de la farine. Puis l'âne portera les sacs et ils iront vendre la farine au marché.

Mais moi… que puis-je faire d'un chat ? Le manger ? Et après ? Comment vais-je gagner ma vie ? »

Le chat entendit ces lamentations et dit d'un air sérieux :
– Ce n'est pas en nous plaignant ainsi que nous ferons fortune, mon maître. Donnez-moi plutôt un sac et une paire de bottes pour aller dans les broussailles. Faites-moi confiance, et vous verrez que le partage n'est pas si injuste que vous le croyez.
Le fils du meunier n'en croyait pas ses oreilles.
C'est alors qu'il se souvint d'avoir vu le chat se pendre par les pieds, se cacher dans la farine en faisant le mort… et toutes sortes de ruses pour attraper souris et rats.

« Laissons faire ce malin de chat,
et ne désespérons pas », se dit-il.

Le chat obtint ce qu'il avait demandé.
Il enfila les superbes bottes de cuir, et mit
son sac en bandoulière. Ainsi paré, le Chat
Botté se rendit dans un bois où gambadaient
un grand nombre de lapins. Il fourra
quelques grains de son dans le sac grand ouvert et s'allongea à côté,
sans bouger. Aussitôt, deux lapins étourdis approchèrent. Le chat
bondit..., un coup de patte... et l'un des lapereaux fut pris.

Fièrement, le chat s'en alla chez le roi, et demanda à lui parler.

Il fit une profonde révérence et dit :
– Sire, je vous offre ce lapin de garenne,
de la part de mon maître, « monsieur
le marquis de Carabas ».
Le chat avait inventé ce nom pour le fils
du meunier.
– Dis à ton maître que je le remercie et
qu'il me fait un grand plaisir, répondit le roi.

Une autre fois, le chat se tapit dans un champ de blés, tenant
toujours son sac ouvert ; deux perdrix y entrèrent. Il les prit toutes
les deux. Il alla ensuite les présenter au roi, comme il avait fait
du lapin de garenne. Le roi remercia le chat, et cette fois, il l'invita
à boire. Le Chat Botté continua ainsi, pendant près de trois mois,
à offrir du gibier au roi, « de la part de monsieur le marquis
de Carabas ».

Un jour, le chat aperçut le roi et sa fille
qui se promenaient en carrosse. Il s'empressa de dire
à son maître :
– Allez vous baigner dans la rivière, près de la route.
Suivez mon conseil, et vous serez riche !

Le fils du meunier enleva ses pauvres vêtements et sauta
dans l'eau, sans trop comprendre.

Pendant qu'il barbotait, le roi arriva près de la rivière. Le chat se mit
à crier de toutes ses forces :

« Au secours ! Au secours ! Mon maître, le marquis de Carabas,
se noie ! »

Le roi reconnut le chat qui lui avait apporté tant de fois du gibier.
Il ordonna à ses gardes de voler au secours de monsieur le marquis
de Carabas.

Pendant que l'on retirait le pauvre "marquis" de la rivière, le chat
s'approcha du carrosse, et dit au roi :

– Majesté, pendant que mon maître se baignait, des bandits lui ont
volé tous ses habits !

En fait, le coquin de chat les avait rapidement cachés sous une
grosse pierre. Le roi ordonna que l'on prenne, dans les malles,
l'un de ses plus beaux habits, pour monsieur le marquis.

Dans ces habits de roi, le fils du meunier
était devenu très élégant, ce que la princesse
remarqua aussitôt Le roi fit monter le beau
marquis dans son carrosse, et ils poursuivirent
leur promenade.

Le chat était ravi de voir que son plan
marchait à merveille. Sans perdre de temps,
il courut loin devant le carrosse.

Il rencontra des paysans dans un pré
et leur dit : « Dites au roi que vous fauchez
dans le pré du marquis de Carabas, sinon,
vous serez tous hâchés menu comme chair
à pâté. »
Quelques instants plus tard, le roi demanda
aux faucheurs à qui appartenait le pré.
– À monsieur le marquis de Carabas,
répondirent-ils tous ensemble, se rappelant
la menace du chat.

Le roi félicita le marquis. Le Chat Botté, qui allait toujours devant,
rencontra des moissonneurs, et leur dit :
– Si vous ne dites pas que ces blés appartiennent au marquis
de Carabas, vous serez tous hâchés menu comme chair à pâté.

Le roi, qui passa peu après, voulut savoir à qui appartenaient
tous les blés qu'il voyait.
« C'est à monsieur le marquis de Carabas » dirent-ils tous ensemble,
se rappelant la menace du chat.
Et le roi se réjouit encore. Le chat disait la même chose à tous ceux
qu'il rencontrait. Et le roi était étonné de la grande fortune
de monsieur le marquis de Carabas. Le Chat Botté arriva enfin
devant un magnifique château. Il appartenait à un ogre extrêmement

riche. Les champs, les prés, toutes les terres alentour lui appartenaient. Le chat se renseigna sur cet ogre, sur ce qu'il savait faire.
Puis il demanda à lui parler. L'ogre le reçut volontiers.
« On m'a raconté, dit le chat, que vous aviez le don de vous changer
en toutes sortes d'animaux. Que vous pouviez, par exemple, vous
transformer en lion, en éléphant. »

– C'est vrai, répondit l'ogre brusquement.
L'ogre se changea ausssitôt en un lion énorme et rugissant. Le chat,
terrifié, bondit loin des puissantes griffes. Voyant que l'ogre avait
reprit sa forme, le chat revint et avoua qu'il avait eu bien peur.
– On m'a assuré encore, dit le chat, mais je le crois
à peine, que vous aviez aussi le pouvoir de prendre la forme

des plus petits animaux. Que vous pouviez, par exemple, vous changer en rat ou en souris. Cela me semble bien impossible !

– Impossible !? gronda l'ogre.

Au même instant, il se changea en souris. Dès qu'il l'aperçut, le chat se jeta dessus et l'avala.

Pendant ce temps, le roi passait près du beau château de l'ogre et voulut saluer le riche propriétaire de ces lieux. Le chat entendit le bruit du carrosse sur le pont-levis. Il courut au-devant du roi, et lui dit :

Votre Majesté, soyez la bienvenue dans le château de monsieur le marquis de Carabas ! Accepterez-vous de dîner en sa compagnie ? »

– Monsieur le marquis, s'écria le roi, ce château est aussi à vous !?

Le roi n'en revenait pas de tant de richesses. Ils entrèrent dans la grande salle du château. Là, un somptueux repas, que l'ogre avait fait préparer pour ses amis, les attendait. La princesse ne quittait plus le beau marquis. Aussi, le roi dit en levant son verre :

– Accepteriez-vous, marquis, d'épouser ma fille ?

Le marquis, heureux, accepta l'honneur que lui faisait le roi. Bientôt, la princesse et le marquis furent mariés. Le chat, lui, mena une vie de grand seigneur, et ne courut plus après les souris...

que pour s'amuser.